KB094610

관심한 사랑 정성에
항상 감사드립니다!

GARBAGE TIME

DASAN
COMICS

매일매일 새로운 재미, 가장 가까운 즐거움을 만듭니다.

한국을 대표하는 검색 포털 네이버의 작은 서비스 중 하나로 시작한 네이버웹툰은 기존 만화 시장의 창작과 소비 문화 전반을 혁신하고, 이전에 없었던 창작 생태계를 만들어왔습니다. 더욱 빠르게 재미있게 좌충우돌하며, 한국은 물론 전세계의 독자를 만나고자 2017년 5월, 네이버의 자회사로 독립하여 새로운 모험을 시작하였습니다.

앞으로도 혁신과 실험을 거듭하며 변화하는 트렌드에 발맞춘, 놀랍고 강력한 콘텐츠를 만들어내는 한편 전세계의 다양한 작가들과 독자들이 즐겁게 만날 수 있는 플랫폼으로 거듭나고자 합니다.

#10
가비지타임
글·그림 **2사장**

GARBAGE TIME

CONTENTS

SEASON-2	47화	⭐	007
SEASON-2	48화	⭐	033
SEASON-2	49화	⭐	057
SEASON-2	50화	⭐	083
SEASON-2	51화	⭐	105
SEASON-2	52화	⭐	133
SEASON-2	53화	⭐	161
SEASON-2	54화	⭐	187
SEASON-2	55화	⭐	219
SEASON-2	56화	⭐	243
EXTRA EDITION	전학	⭐	265

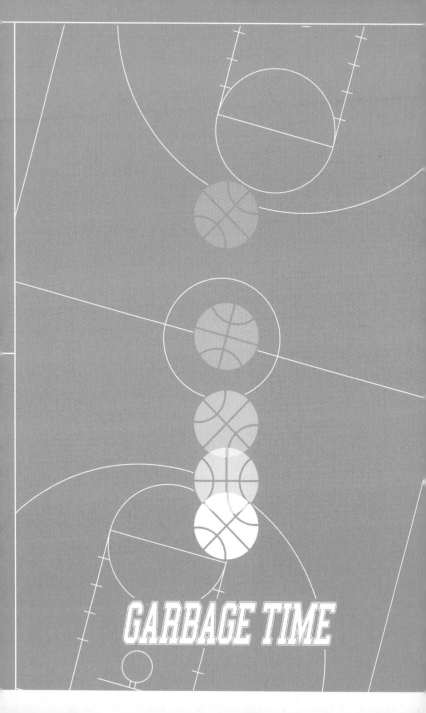

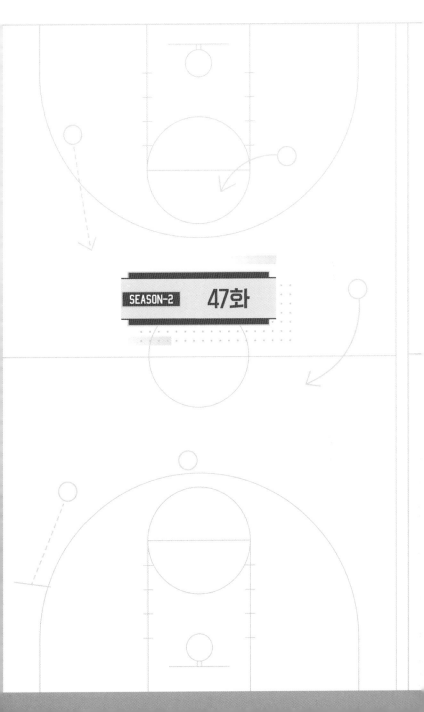

SEASON-2 47화

GARBAGE TIME

태성이.

준수 승질 쫌
건들지 마라.

준수가
그래 밉나?

성질 건드린 적
없는데요?

인마.

다 보고 있었는데
어디서 구라를··

준수같이 자존심
센 놈한테 복수
해줄라면은

쫌 더
세련된 방법으로
해야지.

66!

66!

08 : 33

원중고   지상고

4

69 : 64

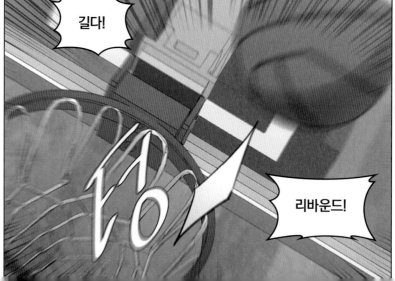

11

다시
3점 차!

: 14

원중고　지상고

4

69 : 66

큰일 났다…

시간이 가면
갈수록

6번 수비가
빡세지고 있다고.

젠장…

그렇게

열심히
연습했는데….

30명에 가까운
농구부원들이
함께 생활하는 곳.

어머니들은
우리를 위해 식사 준비나
여러 가지를 도와주신다.

우리 엄마는
그중에서도
최고참.

버섯 조금만
더 주세요

에구, 벌써
다 떨어졌는데
어떡해?

힝ㅠ

좀 더 해둘걸
이거 애들이
좋아하는데…

형이 중학생일
때부터 했으니까
몇 년째지.

…아무튼
오래됐다.

14

형이 1년에 몇 억씩
벌어다주는데 그냥
집에서 쉬지
뭐 하러 고생이람.

어차피 난

연습 게임도
못 뛰는 후보 중에
후본데.

16

야! 조재석!

아니 이 X끼가 먼저…

쓰흡!
빨리 사과 안 해!?

친구한테 그게 무슨 말버릇이야!? 얼른 사과해!

……

…미안하다.

17

에이씨,
밥맛없게….

창피하다고.

엄마 말고

나 자신이 말야.

농구
하지 말걸.

고등학생 되면
나도 형만큼 크고
잘 뛰게 될 줄 알았는데
왜 형만 유전자
몰빵이냐고.

오늘 아파서
쉬기로 했어요.

세악

재석이니?
운동 안 가고 여기서
뭐 해? 다른 애들은
버스 타고 나갔는데.

또 꾀병
부리는 거
아냐?

아, 아니에요.

어머니가 요즘 요 앞 산꼭대기에 있는 절 다니시더라.

매일 거기서 108 기도 드리신대.

재석이 5센치만 더 크게 해달라고.

…여기 청소는 나중에 해야겠네.

푹 쉬렴.

형만큼 크게 낳아주지 못했다고 재석이한테 항상 미안해하서.

철컥

그 뒤로 난
매일 1080개의
3점슛을 넣는 것을
목표로 연습했다.

공을 주워주는
사람도 없고

슛 정확도도
떨어져서 처음엔
하루 종일 던져도
숫자를 채우기
힘들었지만

얼마 안 가서
1080개를

집중을

안 하고
있네?

이거 조재석이 안 터지는 중에 지국민까지 파울 트러블…

혹시나 퇴장이라도 당하게 되면 엄청 큰 변수가 될지도 모르겠어요.

자유투 1구!

굿샷!

2점 차…!

69 : 67

2구까지 넣어줘요, 재유 햄!!!

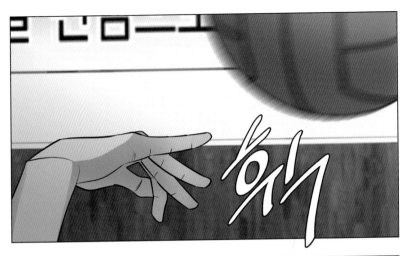

뭐, 뭔데
갑자기…!

원중고가
결국

승부수를
두는구만.

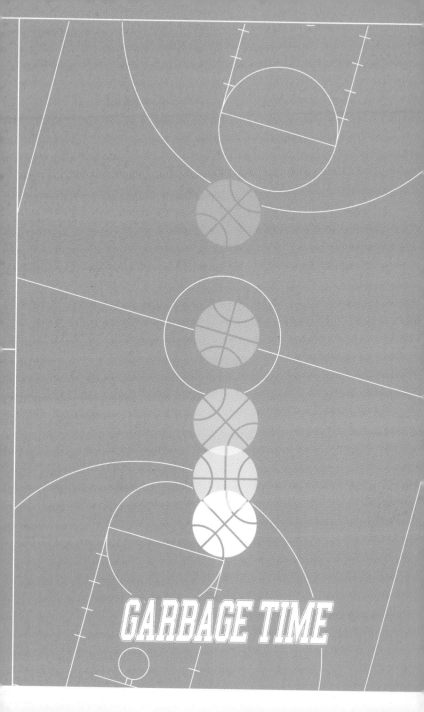

GARBAGE TIME

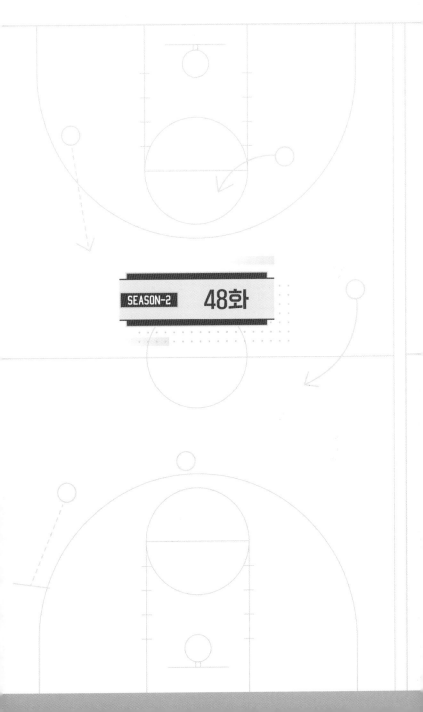

SEASON-2 48화

GARBAGE TIME

*얼리오펜스를 노리는 건가….

*트랜지션(공수 전환) 상황. 수비가 정비되기 전 득점을 시도하는 것.

조재석!

누가 조재석 좀 봐줘요!

오케이!

윗!?

더블
*드래그 스크린…!

*트랜지션 중 볼 핸들러에게 거는 스크린.

바로
풀업 3점!?

굿샷!

07 : 48
윈중고　지상고
4
72 : 67

풀업 3점을
저렇게
냅다 던지다니…!

역시
조재석이구만!

조재석 3점
대체 몇 개째야!?
6개인가!?

몰라 나도!

더블 드래그 스크린…

이제까지 원중고가 조재석에게 *캐치앤샷 찬스를 몰아주기 위해 사용했던 일회성에 가까운 패턴들보단 훨씬 단순하지만

이건 상호가 패턴을 안다고 어떻게 할 수 있는 게 아이다.

*최초에 패스를 캐치한 상태(트리플쓰렛)에서 던지는 슛.

수비가 정돈되기 전에 시작되는 패턴이기도 하고

파생되는 옵션이 엄청나게 많으니까.

더블 드래그 스크린은 쉽게 말해 트랜지션 상황에서 투맨게임을 연속적으로 두 번 하면서 시작되는 것인데.

주요 옵션만 몇 개 얘기하자면

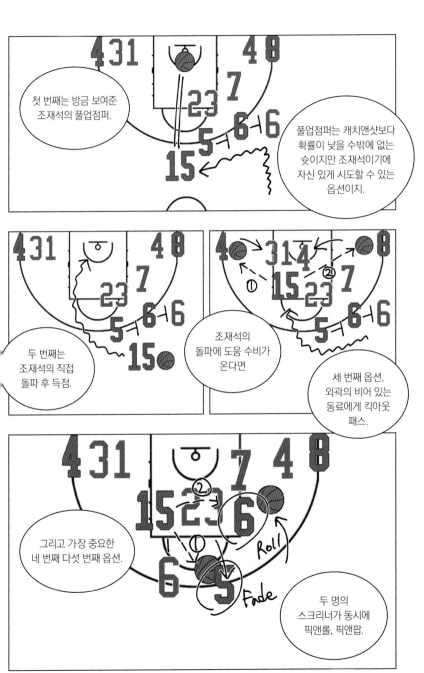

39

그야말로

슈터이자 포인트가드인
조재석의 능력을
100퍼센트 활용하는
전술이다.

굿샷!

76 : 69

하지만 트랜지션 상황에서
효과가 증폭되는 전술이니만큼
효율을 떨어뜨리는 방법 또한
단순하다.

골을 넣어서
얼리오펜스 상황 자체를
차단하거나

아니면

백코트를
빨리하면 그만이야.

태성 햄!

박교진 오픈이다!

3점!

벌써 10점 차…!

점수 다시 벌어진다!

ᄅ : 51

원중고   지ᄋ

4

79 : 69

하필이면 태성이가 힘들어하는 타이밍에 페이스를 올려서 연속 득점…

타임아웃으로 흐름 한 번 끊고 가야 되나…?

나이스!

볼 멈췄다!

찬스!

전영중 커버가
빨랐어!

다시 줘!

구, 굿샷…!

05 : 31
원중고 지상고
4
79 : 71

에이씨
3점인 줄 알았는데
라인 걸쳤나…

너 이 X끼
운 좋다?

뭐, 아쉬우면
3점 넣은 걸로
쳐줘요?

X까
XX아.

백코트도 제대로
못 하는 X끼가
입만 살아가지고…

패스!

나 줘!

일대일인가?

원중고가 지공 상황에서는
지국민을 중심으로
풀어가려는 모양인데?

나이 때문에 엔트리패스를
쉽게 못 받으니까
결국 나와서 페이스업으로
시작하려는 모양이야.

지국민
페이스업도
잘해?

포스트업에 비해선
그냥저냥인데…

49

에이씨…!

나이스!

05 : 17
원중고 지상고
4
81 : 71

앤드원!

23번도
파울 네 개째야!

아 염병 진짜…!

지상고
큰일인걸.

23번 이제
파울 하나 더 하면
퇴장이라 수비도
빡세게 못 할 텐데.

뭔가 수를
쓰지 않으면

05 : 17
원중고 지상고
4
82 : 71

23번이
구멍이 돼서

아마 이대로
게임이 끝날 거야.

병X.

'나름대로 생각이 있다고요'
이 X랄 X나 하더니

뇌 있는 거
맞냐?

뭐라고요?

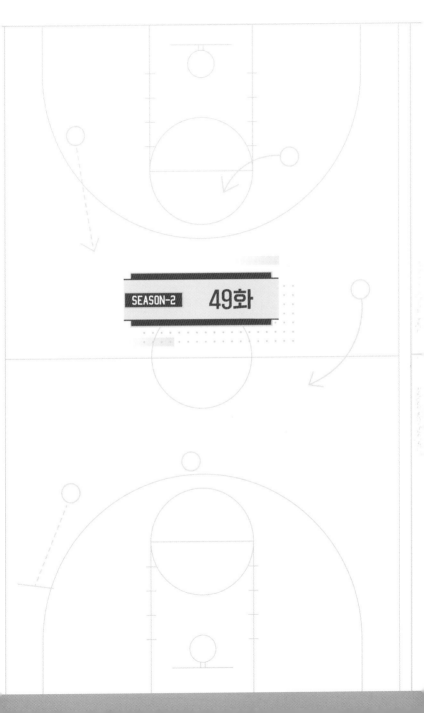

SEASON-2　49화

GARBAGE TIME

그렇게 해서
니가 쟤한테 이길 수
있을 거 같아?

경기 시간
얼마 안 남았으니까
힘들어도 참고
속공 한 번이라도
더 뛰어.

그렇게 하면

분명히
한 번은
기회 온다.

31번
파고든다!

마무리해!

05 : 01

ㅣ중고 지싱

4

나이스!

82 : 73

전영중이
진재유한테 가니
이제는 31번으로
공략하는구만.

원중고 입장에선
꽤나 얄밉겠어.

그래도 잘했어.

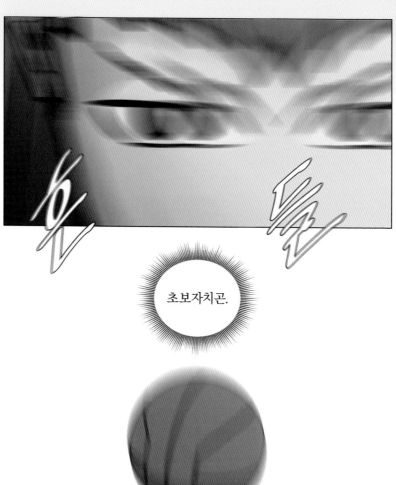

초보자치곤.

포스트업
전환!

밀고 들어가!

그 잘난
운동 능력도

스태미나가
부족하니 아무
소용이 없구나.

그럼
초보자는
초보자답게…

*양손을 이용한 골 밑 마무리 연습.

집 가서
*마이칸 드릴이나
더 하고 와!

말도 안 되는
도박을 했어!

도박이라니.

지국민은
패스를 빼주지
않는다.

시야가 좁거든.

심지어 조재석이
비어 있을 줄은

상호! 여기!

그대로 3점!?

급해!

31번!

앨리웁 덩크…!

04 : 46

원중고 지상고

4

82 : 75

그리고 앤드원!!!

新有

지국민
퇴장이다!!!

오우 우리 태성이~

그렇게 말 잘 들으니까 얼마나 좋아?

…

역겨운 말투 쓰지 말아줄래

덩크한 지 1초 만에 다시 기분 더러워졌거든요.

그리고 착각하지 마요. 내 의지로 달린 거니까.

오 이거 약간 '임시 동맹' 장면 같지 않아요?

'어쩔 수 없군. 이번만 임시 동맹이다!'

태성 햄 촌촌거리긴

'널 죽이는 건 저 녀석들을 처리한 다음이다…!'

오오 ㄹ이!

저도 나름

이겨야 하는
이유가 있거든요.

시시하네….

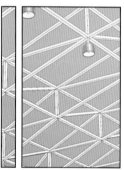

추가 자유투 1구!

넣을 수 있으려나.

23번 자유투 형편없던데.

야, X신!

림 크기를 상상하면서 던져.

림이 우리들 시선에는 좁아 보여도 사실은 농구공 세 개를 걸쳐놓을 수 있을 정도의 크기래.

이걸 이미지화하는 것만으로도 슈팅 능력이 개선되는 효과가…

푸핫!

이것만
넣으면

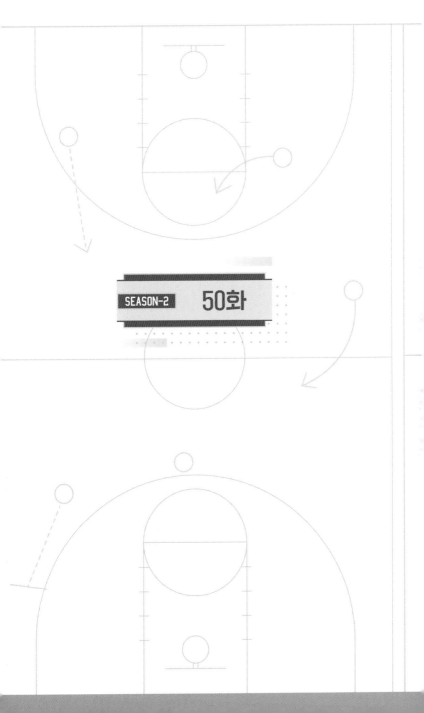

SEASON-2 50화

GARBAGE TIME

굿샷!

6점 차!

04 : 46
원중고   지상고
4
82 : 76

아~ 별생각 없이
떤저도 걍 드가네~

뭐래 X신.

준수 짜슥…

방금 그 패스는
지국민한테는 닿지 않으면서
공태성은 받을 수 있는
절묘한 높이의 패스였다.

슈터라 그건가
패스도 정확하네

설마 그걸
한 손으로 잡아서
덩크로 마무리할
줄은….

그냥 적당히
슛하라고 준 건데

나이스!
나이스!

04 : 39

84 : 76

지상고
어렵게 득점해놓고
너무 쉽게 주는 거
아냐?

23번 백코트도
안 돼, 퇴장 의식해서
손도 못 뻗어…

완전히 집중
공략 대상이야.

원중고도
새삼 대단해.

지상고가 예상외로
잘 쫓아오는 바람에 이휘성이나
조재석, 전영중은 교체도 못 하고
뛰고 있는데 아직까지 저렇게
달릴 수 있다니 말이야.

공태성!

직접 해결해!

쿡…!

응?

기상호가
일대일?

흔들렸어!

리바…!

나, 나이스샷!

!?

04 : 17

천중고   지상고

4

84 : 79

야.

이제 3점 세 개 남았다.

칫…!

재수 없어…!

마!
빨리 뛰라!

온다!

교체 투입되면서
체력에 여유가 있는 6번
혼자 코트 4분의 3 지점부터
조재석을 체크.

조금이라도
코트를 넘어오는 시간을
늦추려는 건가.

그런데

지상고 수비가 전혀 안 되고 있어!

재유.

나 지금 감 좋아.

안 풀리면 바로 나한테 줘.

…어,
알았다.

전영중이
다시 31번에게
붙었다.

31번 숫감이
심상치 않긴 해.
아무래도 그걸 의식한
선택이겠지.

재유…

우왓!?

반대편으로
패스!?

어렵
잡았

푸핫!

준수 이거

지금 일대일
하자는 거냐?
나랑?

나 없는 동안
많이 신났나봐?

……

여, 연속 3점…!?

이제 4점 차…!

03 : 42
원중고 지상고
4
86 : 82

점수 차가 이상하게 점점 줄고 있어!

멍청아.

시간 됐다.

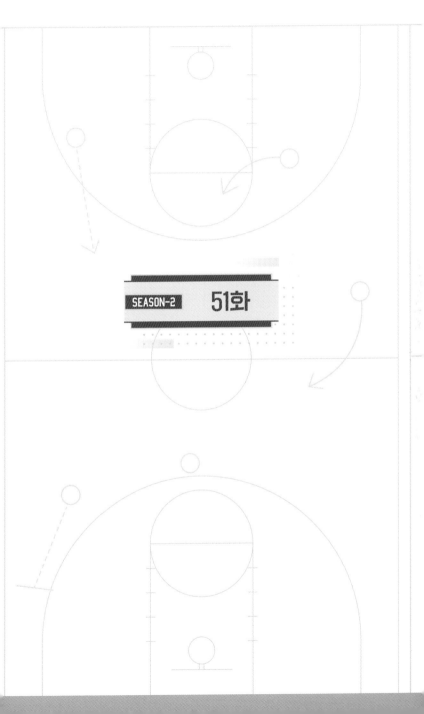

SEASON-2 51화

GARBAGE TIME

농구라는 스포츠를
간단하게 설명해달라고 한다면
나라면 이렇게 말할 거다.

드리블이나
스크린,

혹은 정확한
롱패스 등을
이용해서

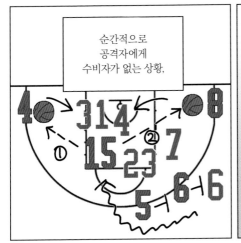

순간적으로
공격자에게
수비자가 없는 상황,

그런 '균열'을
만들고

그 '균열'을 이용해
가장 확률 높은
슛을 던진다.

방금 몇 차례 동안
우리의 수비엔
그 '균열'이 없었다.

그 결과

지상고는
공격 제한 시간에
쫓겨

정상적인 플레이의
범주 안에서 가장
확률 낮은 슛인

컨테스트된
장거리슛을 던지도록
강요받았다.

31번은
블록을 피하기 위해
밸런스가 다 무너진 상태로
억지스럽게 슛을 던졌다.

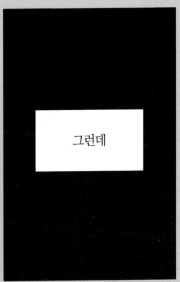

그런데

열 번 던져
한두 번 들어가면
다행인 이 슛이

하나도 빠짐없이
림을 통과했다.

이건…

01 : 45

내가 아는
농구가 아니야…!

동고 지상고

4

88 : 84

시간 없어!

빨리해!

경기 막판이 되니
원중고도 슬슬 지치는
기색이 보이긴 하네.

아까처럼 적극적으로
달리는 농구는 보여주지
못하고 있어.

!?

공격자 반칙!!!

나이스 디펜스다!

샷클락도 얼마 안 남았는데 파울을 유도할 생각을 하다니…!

9번 저 큰 놈이 전속력으로 달려드는데… 배짱이 보통이 아냐, 31번…!

……

성준수…

넌 참
한결같은
놈이구나.

농구를 시작하고
얼마 지나지 않아
하게 된 연습 게임.

귀여운 수준의
경기이긴 했지만
나름 접전이었지.

1점 뒤지는 상황,
마지막 공격을 앞둔
작전타임에서 코치 쌤은
나한테 마지막 슛을
지시하셨다.

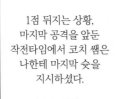

그야 그때 같이
농구 시작한 애들
사이에선 내가 제일 키도
크고 잘했으니까.

근데
그 지시를 듣고
난…

그만
울어버렸어.

난생처음 부담감, 중압감,
이런 걸 느껴보니까
덜컥 겁이 나더라고.

지금 생각해보면
고작 연습 게임인데…
그 나이 땐 컴퓨터 게임
한 판도 목숨 걸고 하던 때라
그런 거 몰랐다고.

근데

준수는 거기서
손을 들더라고.

자기가
던지겠다면서.

코치 쌤의 허락을
받은 준수는

브랜배리게치린대빈
브란로스팃히얼컴즈
매끄래리노다이너마
이트리매이닌…

영어인지 뭔지
알아들을 수 없는
발음으로
주문 같은 걸 외더니

신이 나서
마지막 슛을
던졌다.

그 슛이 들어갔는지
어쨌는지까진
기억 안 나지만

그 뒤로도 준수는
고등학교 올라가기 전까진
종종 마지막 *클러치샷을
던질 기회를 얻었다.

*경기 막판 승패에 중요한 영향을 끼치는 결정적인 슛.

정말이지 예전부터
겁이 없는 놈이었다니까.

그때도
똑같았어.

전학을 가서
농구를 계속할지

난 그냥
공부나 할래.

솔직히 언젠간
이렇게 될 줄
알았어.

그냥 모른 척한
거뿐이지.

아니면 농구를
그만할지…

선택하는 게
무서웠을 뿐이잖아.

선택을 미루고
원중고에 남아 있으면

실패하지 않은 것처럼
느껴지니까.

그런데

운이 좋았지.

신체 성장이
거의 마무리되는
고등학교 시기에

내 몸은
다른 애들과는 다르게
큰 폭으로 성장했거든.

키도 4센치나 커졌고
원래 좋은 편이었던
운동 능력은 더 좋아졌다.

기술은 뭐
남들 느는 만큼
늘었고…

자연스럽게
주전 멤버에도
들었다.

그다지
기쁘진 않더라.

성장한 건
내가 아니라

내 몸이었거든.

난 그냥…

관성대로
움직였을 뿐인데.

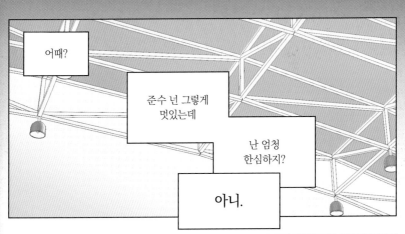

어때?

준수 넌 그렇게
멋있는데

난 엄청
한심하지?

아니.

한심한 건…

누가 그런 사투리도 아니고 서울말도 아닌 X신 같은 말투 쓰라고 했냐고?

누가…

누가 그 별 볼 일 없는 몸뚱아리로…

···Bowen is all over···

신유고가 상평고
이긴 거 알고 있지?

오늘 내가…

니들 잡고
8강 확정시킨다.

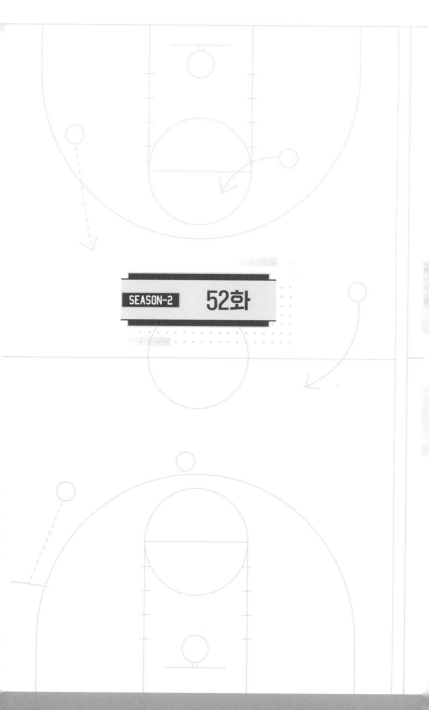

SEASON-2 52화

GARBAGE TIME

우,

우와아악!!!

3점
앤드원!!!

이제
1점 차…!

자유투까지
넣으면
동점이다!

으아아앙!!!
지상고 너무 멋있어!!!

지상고
가고 싶어!!!

…하,

우리 준수
또 경우의 수 계산
X 빠지게 했나봐?

신유고가 이겼든
상평고가 이겼든 우린
그런 거 신경 안 써.

이번에도
3승으로
올라갈 거니까.

혹시
'클러치 능력'이라는
말 들어보셨습니까?

윤 감독님한테
이래 물어보면은
뻔한 반응이겠지.

"클러치 능력."

"경기 막판 접전 상황에서
평소 이상의 기량을
발휘하는 것을 뜻하는 말.

농구계의 대표적인
미신 중에 하나지."

"접전 상황이라는
압박감 속에서 평소'만큼'의
기량을 보여주는 데에는
선수마다 차이가 있을지 몰라도

평소를 '뛰어넘는' 기량을
보여줄 수 있다는 건
과학적으로 아무런 증명을
거치지 않은 말이다."

"나를 제외하고도
많은 농구 전문가들이
클러치 능력의 존재에 대해
부정적인 입장이지."

"조금만 생각해도
이상하지 않냐?
경기 막판이 되면
신체 능력이나 기술 수준이
상승한다는 것과
똑같은 말인데?"

"평소 이상의
기량이라 느껴지는 건
그저 체력 안배가
필요 없게 되는
경기 막판,
남은 힘과 집중력을
모두 쥐어짜내기에
생기는
'착시'에 불과해."

"'클러치 슈터'도
마찬가지."

"간혹
클러치 상황에서
평소보다 높은
성공률을 보여 주는
선수가
있긴 하다만"

"결국엔 '클러치 상황에서 던진 슈팅'이라는 표본 자체가 적기에 생긴 오차일 뿐이다."

......

뭐,
지당하신 말씀입니다.

하지만 감독님.

제가 봐온
준수는 여태껏

마지막 슛을
놓친 적이 없습니다.

표본 자체가 적다는 것에
반박할 수 없는 건 똑같지만…
분명히 뭔가 다르게 느껴진다고요.

이래 단정적으로
말해버리면은 또
태성이 같은 놈이
뭐라 할라나….

"감독님!

그 XX끼
조형고랑 할 때
마지막 숏
개같이 발렸는데요?"

…뭐, 블록당한 숏도
기록상으론 실패한 숏으로
처리되긴 하지만

내 눈은
꽤 정확하거든.

그 슛…

박뱅차이 손에만
안 닿았으면은

무조건
드가는 거였다.

준수 금마는…

중요할 땐
한 방 해주는
놈이거든.

143

야 공태성!!!

리바운드 미루지 마!

지금 니 말고도 다 힘든 시간대라고!

뒤질 거 같아도 1분만 참고 뛰어!

헉

어휴 시끄러…!

헉

집중해!

됐다!

근데…

너무 길어!

앞에
아무도 없어!

볼
살려야 돼!

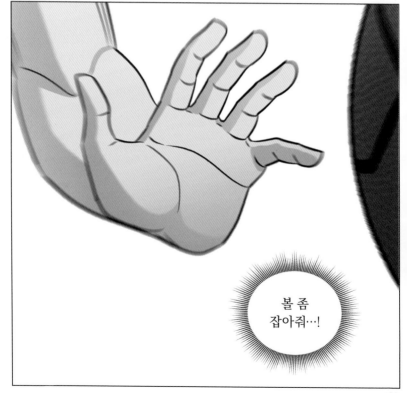

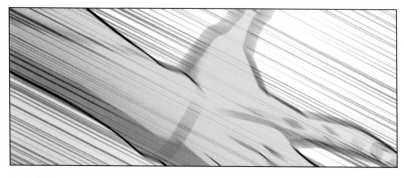

태성 햄!

마무리!!!

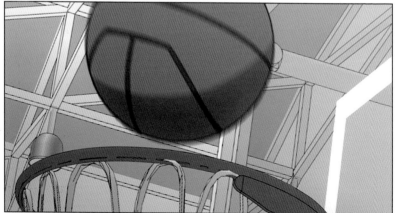

이번 수비만 성공하면 지상고가 승리할 가능성이 엄청 높아진다…

상호…

부탁한다…!

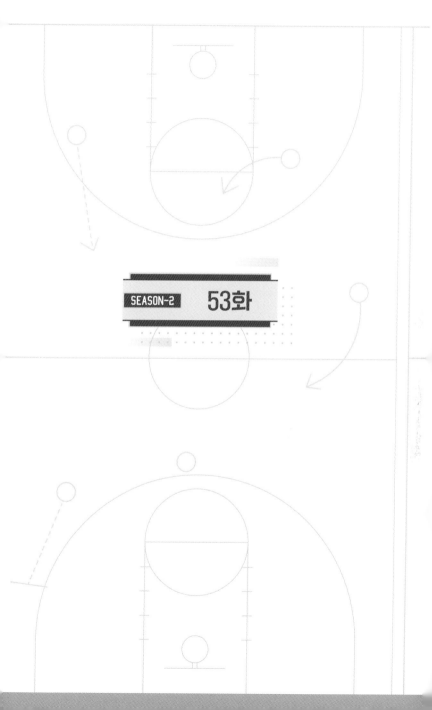

SEASON-2 53화

GARBAGE TIME

빨강!

빨강!

빨강…???

이러면 여태
알아낸 게 아무 의미가
없어지는데…

마지막 슛을 위해
아껴둔 패턴인가….

그래도 가장 확률이
높은 선택지는

31번이
이미 따라붙었다!

스크린이
제대로 안 됐어!

패턴 실패다!

칫…!

재석아!
패턴 다시 할
시간 없어!

그냥 일대일 해!

부담 갖지 말고
2점만 넣어도 돼!

야 이…

못 넣으면…

죽일 거야…

조재석
저 미친놈…!

3점 라인
서너 발 뒤에서
그대로 던지다니…!

츄큭! 핏슝~!

250사로
명중!

역전이다!!!

00 : 22

권중고 지상고

4

91 : 90

지상고 타임아웃!

아 바로 떤질 거 딱 하나 생각 못 하고 있었는데… 실수를…

괜안타 괜안타!

시간 충분해!

참… 지상고 입장에선 타임아웃이 애매하게 돼버렸네.

31번 숏감 끊길까봐 23번 백코트 제대로 안 되는 거 감수하면서까지 타임아웃 참아왔는데

원중고는 조재석 빼고
수비 올인 라인업으로
나올 거라고.

이렇게 역전 허용하고
타임아웃 불러버리면

이번 수비만
성공하면
게임 끝이니까.

지상고는 어차피
타임아웃 불러놓고
연습했던 패턴
복습하는 게 다일 텐데

그렇다고 고등학생들
마지막 플레이에
타임아웃 안 부를 수도
없는 노릇이고…
참 애매하네.

어차피 원중고는 우리들 경기 보러 오지도 않았으니 이 패턴 알고 있을 리도 없고

신유고 때도 나름 잘됐으니까.

오히려 그때보다 잘될 기다. 이번에는 상호한테도 수비가 확실하게 붙어 있을 테니.

상호는 패턴 끝나면 코너로 가 있고.

옙…!

그리고 재유,
*원샷할 거니까
시간 충분히 끌다
10초쯤 남았을 때
패턴 시작하자.

글고 이번에
조재석이 빠지고
버섯 머리 나오는 거 같은데
금마 너무 의식하지 말고
니 플레이 하라고.

*원샷 플레이: 상대에게 공격 기회를 주지 않기 위해 게임 시간을 최대한 소비한 뒤 득점을 시도하는 것.

니가 금마
충분히
이길 수 있다.

혹시라도 저번처럼
*스위치하면
그냥 일대일 해.

지금 준수 슛감 좋으니까
안 되면 준수 주더라도
너무 의존하려고도 하지 말고
찬스 생기면 바로 땡기라고.

준수 쪽에 아마
견제가 집중될 거라
패스 주기도
쉽지 않을 테니까는.
오케이?

옙.

*수비자 간에 서로의 마크를 바꾸는 것.

숫 떴지면
뭐 해야겠노?

리바운드요.

그래. 또 정신 놓고
있다가 백코트하지 말고
전부 다 공격 리바운드
드가는 기다. 알았제?

옙.

수진이.

너 인터넷에서
경기 영상
찾아봤다면서?

혹시 뭐
알고 있는 거
없나?

지상고가
신유고 경기 막판에
쓴 패턴이라든가….

아뇨.

업로드된 게
저번 대회
영상까지라.

…알았다.

나 참…

다른 녀석을
분석하느라 정신이 팔려
지상고에 대해선 제대로
알아보지 못했는데

설마 턱밑까지
쫓아올 줄이야.

00 : 22

원중고   지상고

4

91 : 90

우우우우~!

우우우우우!!!

아 X나
시끄럽네 진짜.
꼬우면 내려오라고!

마! 내리가모
풀코스로 대접해주나!?

푸학!
사투리 존X 잘해
이 X끼!

낄낄낄

야.
대꾸하지를
마라니까….

180

우수진 IN
조재석 OUT

타

오케이!

천천히
시간 보내!

원샷!

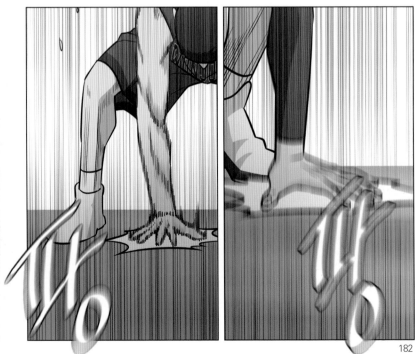

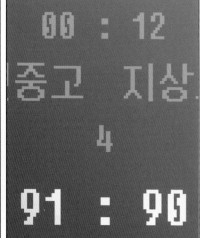

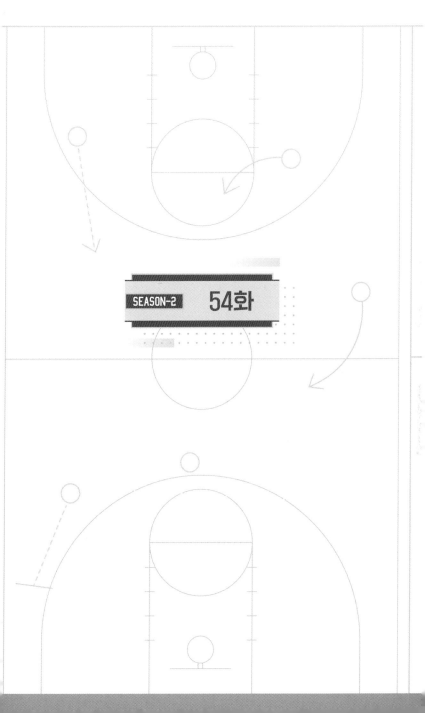

SEASON-2 54화

GARBAGE TIME

준수…!

지금이다…!

안 돼….

무리다…!

끝났다!

저러면 패스 길이 안 보인다고!

시간 없어!

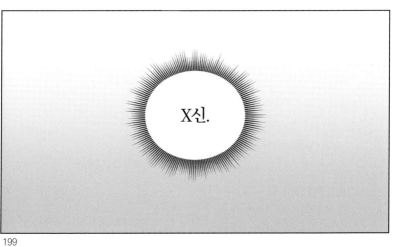

흔들렸다!
없어!

뭐라노? ―

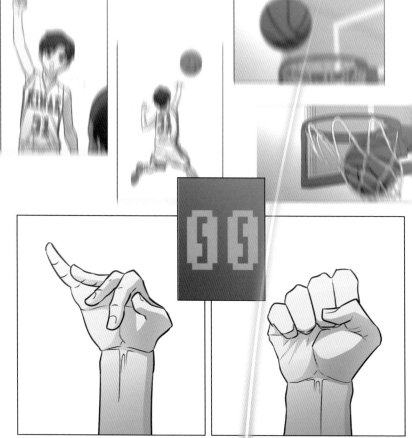

00 : 00
원중고 지상고
4
91 : 93

경기 종료

지상고 8강 진출
확정

감독님.

이 패턴 이름은 왜 '쇳'이에요?

그야…

상대팀 응원단

다 입 다물게 만들 패턴이니까.

준수 햄!!!

215

216

에이씨
기분 나쁘게
사람 머리를….

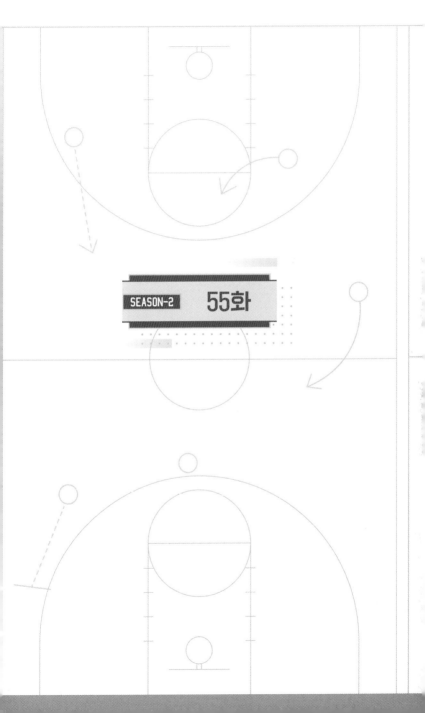

SEASON-2　55화

GARBAGE TIME

......

야.

다음엔
머뭇거리지 마라
멍청아.

……

오~ 준수
지금 이겼다고
나 걱정해주는 거야?

아니, 니 뒤통수가
너무 애잔해 보여서
동정해주는 거야
병X아.

푸하하!

아무튼 축하해.
토너먼트 올라가서
또 보자.

WON JOON

희차이!

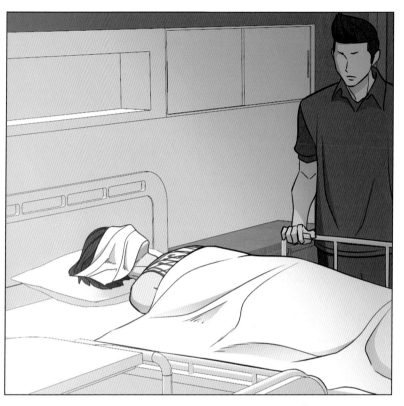

뒤졌네요.

가죠 이제.

에헤이!
이걸 안 받아주네!

님 팔 괜찮음?
대충 얘기는
들었는데…

게임
어예 됐노?
이깄나?

생각보다 쉽게 납득하네.

그러게. 못 믿을 줄 알았는데.

희차이!

내도 오늘 3점 세 개 연속으로 넣었다?

에이 거짓말.

끅!

다행히도 희찬이의
왼쪽 손목은 전치 2주짜리
부상으로 정도가 생각보다
심하지 않았다.

와 때려놓고
너가 우는데!?

후유증이 남을 만한
부상은 아니기에 희찬이
본인은 참고 뛸 만하다며
당장이라도 반깁스를
풀어버릴 기세였지만

8강 진출이라는
1차 목표도 이뤘고,

빠른 회복을 위해
한 명이 퇴장당하거나 심각한
부상을 당하는 등의 상황에
몰리지 않는 이상 무리해서
출전하지 않기로 결정되었다.

상승세인 팀에서 함께하지
못한다는 게 내심 아쉬웠을 텐데

희찬이는 전혀
내색하지 않았다.

그리고…

04 : 41

지상고   상평고

2

29 : 14

나이스~!

상평고 주전들의
슛감 난조라는
운이 따르면서

싹

예상과는
다르게 초반부터
넉넉한 리드를
잡을 수 있었다.

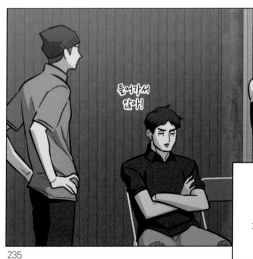

들어가서
앉아!

이미 탈락이 확정되어 있는
상평고는 1~2학년들에게
대회 경험을 주기 위해선지
꽤 이른 시간에 주전들을 빼면서
추격을 포기했다.

경기 후반,
여느 때처럼 태성 햄이
지치면서 점수 차를
거의 다 따라잡혔다는 게
함정이긴 했지만

얘들아 담에는
쫌 여유롭게
이겨보자···

수명이
줄고 있다···

그래도 조 1위로
8강에 진출하는 데에
성공했다.

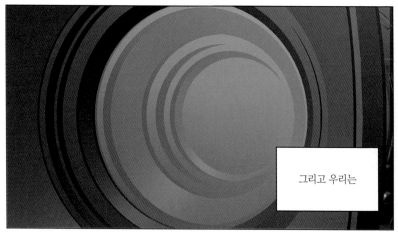

그리고 우리는

구력 1년 남짓의 초보자 둘과 함께 원중고를 이긴 것,

인터뷰 한번 부탁드립니다!

원중고 경기 중반부터 교체 없이 다섯 명만으로 8강에 진출한 것들로 인해 주목받기 시작했다.

〰〰

JISANG

주장 분도 인터뷰 한번 부탁드릴게요!

학년하고 이름 얘기해주세요!

3학년 성준수요.

이번 대회 선전의 요인이 무엇이라고 생각하시는지 간략하게 답변해주세요!

음… 약간 기량 발전 같은 것도 조금 있었던 거 같고 어… 그, 약속된 플레이도 저기하게 됐기 때문에 그랬던 거 같아요.

……

못 쓰겠네

네, 감사합니다. 한 분만 더 인터뷰할게요!

어휴 답답해!
나와보시옵소서
전하!

니 그 말투
한 번만 더 하면
죽인다 진짜.

JISANG

이번 대회
선전의 요인이 무엇이라고
생각하시는지 간략하게
답변 부탁드려요!

…지상고등학교 농구부
성준수 군은

팀의 선전 요인에 대해
이렇게 답했습니다.

스포츠뉴스

성준수 지상고등학교
평소 팀원 간 끈끈한 우정과 신뢰를 바탕으로 형성되어온 유대감이
플레이에 도움이 되었다 생각합니다.

성준수 군은
쌍용기 전국남녀고교농구대회
조별예선 두 경기,

전국구 강호 원중고등학교를 상대로
3점슛 여섯 개를 포함한 30득점으로 승리
견인하며 팀의 8강 진출에 중요한 역할을

???

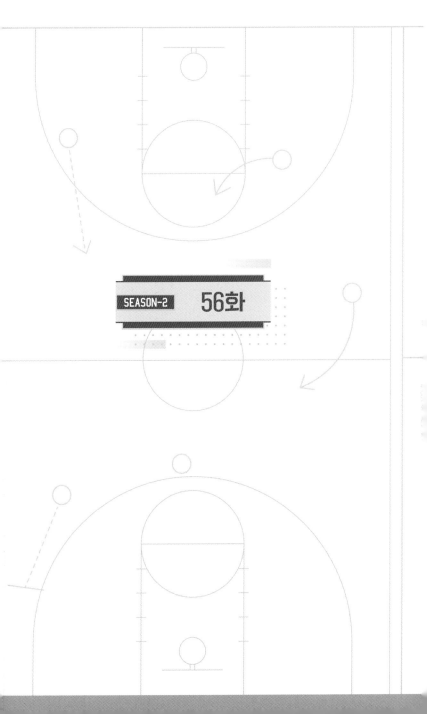

SEASON-2　56화

GARBAGE TIME

아 뭐냐고!?

내가 왜
성준순데!?

그딴
허접한 이름
싫다고!!!

저 X끼가…!

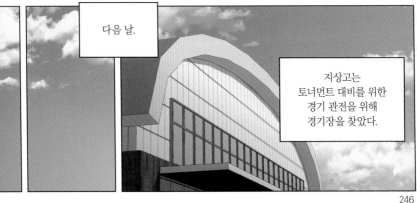

다음 날.

지상고는
토너먼트 대비를 위한
경기 관전을 위해
경기장을 찾았다.

겸사겸사

오늘 있을
원중고와 신유고의
경기도 관전할 계획.

조별예선에서
원중고에게 승리를
거둔 지상고는

서서히
세계인의 주목을
받기 시작했다.

웅성웅성
시끌수끌

아~기 상호!

뚜 루룹 뚜룹!

248

어?

야.

또 이상한 짓
하지 말고 올라와.

또 싸움인가?

에이씨
재미없게….

창현아~!

어디 갔어!

......

손재주가 없는 건 아니었는데

이상하게도 옛날부터 친구가 없는 편이었다.

친구가 되고 싶었는데…

새학기 친구 만드는 방법! 이것만 하면 나도 인싸!
조회수 3202회

댓글 34

잼민이
ㅋㅋㅋ 이거 보고있는사람들 다 친구없음

알뜰한남자
ㅜ

바보
ㅜ

섯맨
버섯맨
ㅜ

Memyl Mark-Cox**
:(

지난 경기의 신경전은 그저 게임의 일부였을 뿐

멋진 드리블이었습니다

너 수비도 대단하더라!

253

힝끄

쟤 너무
무섭게 생김

형도요

잠깐
이리 와봐.

누, 누구?

그 알록달록이들
전부 다.

왜…?

먹을 거
주게.

우, 우리 배 안 고파···

밥 먹고 왔어···

아! 오라면 오라고!

내 성의 무시하나!?

꼬장 그만 부리고 자리 가서 앉아.

따닥 콩

니들도 조용히 경기 봐라. 안 그럼 혼난다.

태성 햄의 인성질 덕분에

신유고는
원중고 응원단의
방해 없이
경기에 집중할 수 있었다.

3점!

굿샷!

07 : 32

원중고 신유고

1

6 : 3

오케이!

일대일 해!

지상고 23번 녀석이랑 비슷한 타입….

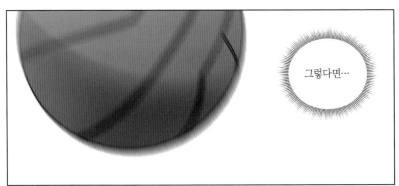

그렇다면…

스탑점퍼!

예상대로
전영중이 조신우를
마크.

원중고
디펜스는

전영중 정도의 체격과
수비력이라면 투맨게임에
스위치로 대응해도
강인석을 당해내는 게
어느 정돈 가능하고

조신우에겐
이휘성과 미스매치를
확실히 공략할 만한
기술과 스피드가 없다는
계산이겠지.

*미스매치: 체격 차가 큰 선수끼리 매치되는 상황. 일반적으로 작은 선수가 큰 선수의 높이와 파워를 이용한 골 밑 공격을
당해내기 어렵듯, 큰 선수 또한 외곽에서 작은 선수의 스텝을 쫓기 어렵기에 미스매치가 성립된다.

과연…

생각대로 될지
한번 보자고.

11권에서 계속

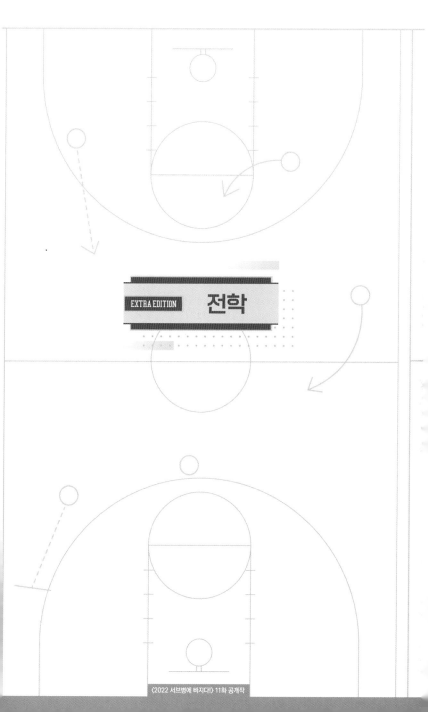

EXTRA EDITION 전학

GARBAGE TIME

뭐가?

전학 가는 거.

겁나면
어쩌게.

니가 보기엔
어떨지
모르겠지만

가비지타임 10

초판 1쇄 발행 2023년 11월 15일
초판 2쇄 발행 2024년 6월 1일

지은이 2사장
펴낸이 김선식

부사장 김은영
제품개발 정예현, 윤세미 **디자인** 정예현
웹툰/웹소설사업본부장 김국현
웹소설1팀 최수아, 김현미, 심미리, 여인우, 이연수, 장기호, 주소영, 주은영
웹툰팀 이주연, 김호애, 변지호, 안은주, 임지은, 조효진, 최하은
IP제품팀 윤세미, 설민기, 신효정, 정예현, 정지혜
디지털마케팅팀 지재의, 신혜인, 이소영
디자인팀 김선민, 김그린
저작권팀 한승빈, 윤제희, 이슬
재무관리팀 하미선, 김재경, 윤이경, 이보람, 임혜정 **제작관리팀** 이소현, 김소영, 김진경, 박예찬, 이지우, 최완규
인사총무팀 강미숙, 김혜진, 지석배, 황종원 **물류관리팀** 김형기, 김선민, 김선진, 전태연, 주정훈, 양문현, 이민운, 한유현
외부스태프 리채(본문조판)

펴낸곳 다산북스 **출판등록** 2005년 12월 23일 제313-2005-00277호
주소 경기도 파주시 회동길 490
전화 02-704-1724 **팩스** 02-703-2219 **이메일** dasanbooks@dasanbooks.com
홈페이지 www.dasan.group **블로그** blog.naver.com/dasan_books
종이 아이피피 **출력·인쇄·제본** 상지사 **코팅·후가공** 제이오엘엔피

ISBN 979-11-306-4685-5 (04810)
ISBN 979-11-306-4680-0 (SET)

다산북스(DASANBOOKS)는 독자 여러분의 책에 관한 아이디어와 원고 투고를 기쁜 마음으로 기다리고 있습니다.
책 출간을 원하는 아이디어가 있으신 분은 다산북스 홈페이지 '원고투고'란으로 간단한 개요와 취지, 연락처 등을 보내주세요.
머뭇거리지 말고 문을 두드리세요.